La légendaire histoire du colibri qui sauva l'Amazonie

D'après un conte amérindien

À Julon des Prés
G. R.

11, rue de Sèvres, Paris 6e
Loi n° 49.956 du 16 juillet 1949 sur les publications
destinées à la jeunesse : novembre 2019
Dépôt légal : janvier 2020
Imprimé en France par Estimprim à Autechaux

ISBN 978-2-211-30476-4

Gwendoline Raisson

La légendaire histoire du colibri qui sauva l'Amazonie

Illustrations de Vincent Pianina

Mouche
l'école des loisirs

1

Connaissez-vous l'Amazonie ? C'est une forêt immense, grande comme un pays, verte comme le paradis. Cette forêt géante abrite des plantes et des animaux de toutes sortes. Des petits, des grands, des rampant, des volant, des beaux, des moches, des pas très malins, des fort intelligents, des gris, des multicolores, et bien d'autres encore.

Voici le tatou qui creuse et fouille la terre. On raconte que parfois, la nuit, il pleure comme un enfant.

Lui, c'est le perroquet, avec ses ailes aux couleurs vives comme un tableau de Miró.

Ça, c'est le serpent, qui glisse silencieusement entre les souches des acacias et des eucalyptus.

Voilà le petit singe tamarin qui ressemble à un mini lion tout mignon avec sa crinière rousse et douce.

Voici à présent, mesdames et messieurs, le paresseux ! Champion du monde de lenteur toutes catégories.

Et ce minuscule oiseau-mouche, qui butine de fleur en fleur en imitant le bruit du bourdon, c'est qui ? C'est le colibri, pardi !

Et tout ce petit monde grimpe et grouille et grandit et grignote et grogne, dans l'immense forêt.

Mais voilà qu'un jour, une étrange fumée apparaît au loin, dans le ciel.

Le perroquet est le premier à l'avoir remarquée. Il se met à piailler :

– Qu'est-ce que c'est ? ! Qu'est-ce que c'est ? !

Les animaux interrompent leurs activités et lèvent les yeux, intrigués.

Le tamarin commence par se moquer :

– C'est rien, c'est seulement un nuage ! Pas de quoi s'affoler !

Le tatou, comme presque tout le temps, râle.

– Quoi ? ! Vous me dérangez pour ça ? !

Cette histoire, vraiment, ne l'intéresse pas.

Le serpent a beau écarquiller les yeux, il ne voit rien depuis là où il est. Quant au paresseux, il est bien trop fatigué pour ouvrir un œil. À peine accorde-t-il à la nouvelle un bâillement.

Le colibri, lui, s'est élevé jusqu'à la canopée. Posé à la cime d'un grand cèdre, il reste un moment à regarder la fumée au loin. Il a l'air inquiet.

– On dirait un feu ! C'est peut-être dangereux, dit-il enfin.

Mais les autres animaux ne font pas attention à lui. Ce n'est qu'un petit colibri de rien du tout, après tout. Ils font comme s'ils n'avaient rien entendu.

Et tout le monde retourne à ses occupations.

2

Le lendemain, la fumée est toujours là, elle s'est même rapprochée et elle commence à piquer les yeux.

Le perroquet s'agite dans les airs.

– Qu'est-ce qui s'passe ? Qu'est-ce qui s'passe ?

Le tamarin, qui l'a rejoint, se frotte les yeux, puis il se met à rire :

– C'est rien voyons ! Juste une petite allergie de printemps !

Et il redescend tranquillement, en sautant de liane en liane.

Au sol, le tatou fait la grimace et rouspète.

– Beuâh… Ça pue le brûlé, ici ! Qui est l'andouille qui a fait cramer ses brochettes ? !

Le serpent, lui, ne sent rien de particulier. Quant au paresseux, il finit par ouvrir un œil, mais le referme aussitôt, parce que la fumée le fait pleurer.

Avant de se rendormir, il parvient quand même à articuler :

– Vous pouvez parler moins fort, s'il vous plaît ?

Pendant ce temps, le colibri, lui, a décidé d'aller voir de plus près, d'où venait toute cette fumée. Il n'a pas pu aller bien loin, car une terrible chaleur l'a très vite arrêté. Il volette à présent dans tous les sens, affolé. Et de sa petite voix, il crie de toutes ses forces :

– Il y a le feu ! Il y a le feu !

Mais personne n'écoute le colibri. On ne le prend pas au sérieux. Et les animaux, sans plus s'intéresser à cette histoire de fumée, retournent à leurs activités.

– Mais je vous dis qu'il y a le feu ! s'indigne le colibri.

Rien à faire. Les habitants de la forêt sont trop occupés pour lui répondre. Ils trouvent qu'ils ont déjà perdu assez de temps avec ces sornettes.

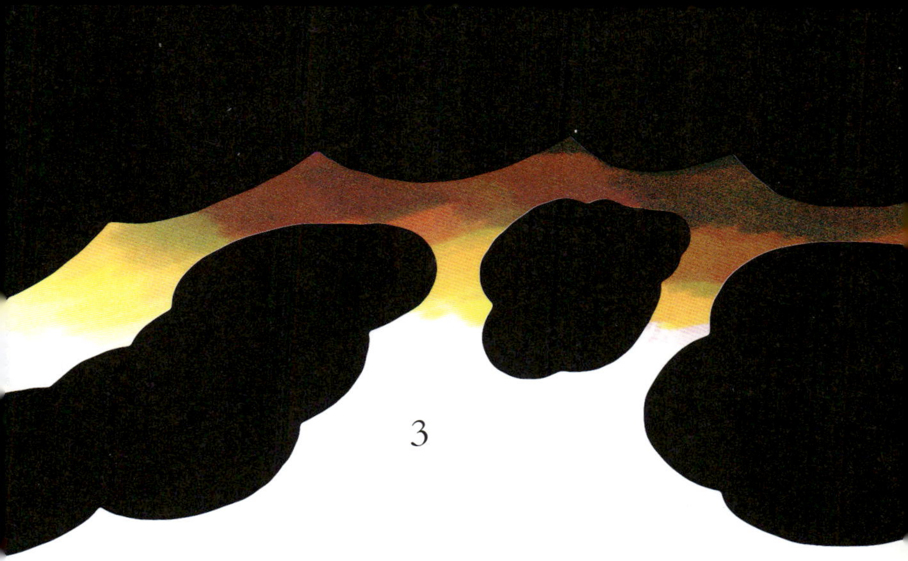

3

Les heures passent. Il fait de plus en plus chaud. Le ciel s'est assombri. Un étrange bruit se met à gronder. Il devient de plus en plus fort.

Tout à coup, des flammes s'élèvent. Des flammes énormes qui claquent et croquent tout ce qu'elles rencontrent.

Crac ! Une branche s'écroule. Pschiiiitt, un tronc s'embrase.

Un incendie s'est déclaré. Un immense incendie qui avale tout : bois de rose, flamboyants, citronnelle, ébène, cajous, fromagers, encens, hévéas, cèdres noirs, cèdres jaunes, figuiers, palétuviers, cacao...

Le feu avance à toute allure et plus rien ne semble pouvoir l'arrêter.

C'est une catastrophe.

Un grand brouhaha se fait entendre au milieu de tout ça. Ce sont les animaux, paniqués, qui se mettent à crier tous en même temps :

– Au feu ! Au feu !

– Sauve qui peut !

– Il y a le feu ! Il y a le feu !

– Au secours !

Perroquet, tamarin, tatou, serpent, et même le paresseux, tous s'enfuient le plus vite possible. Et les autres animaux de la forêt avec eux. Ils partent droit devant, en quête d'un endroit où se réfugier.

4

Après avoir couru, rampé, sauté et volé de toutes leurs forces, les animaux parviennent finalement à se mettre à l'abri de l'incendie.

Depuis le sommet de la colline où ils se sont réfugiés, ils se serrent les uns contre les autres, apeurés. Ils n'ont plus rien à faire que de regarder leur forêt brûler. Tous ensemble, ils tremblent, ils crient et ils se lamentent en chœur devant cet effroyable spectacle.

– C'est affreux ! C'est affreux ! gémit le perroquet.

– Mais qu'est-ce qu'on peut faire ? couine le tamarin, à qui il ne vient plus l'idée de plaisanter.

Le tatou, qui s'est roulé en boule, lui répond :

– C'est une malédiction !

Et il se met à pleurer comme un gros bébé.

Le serpent, lui, n'est pas content. Il se tortille en rouspétant :

– Qui c'est qui a fait ça, tsss, c'est pas moi, tsss… si je tenais celui qui a fait ça, tsss…

Même le paresseux est à présent parfaitement réveillé et tremble de terreur.

– C'est horrible, horrible, je ne vais pas en dormir de la nuit, pleurniche-t-il en s'accrochant au tamarin, dont il refuse de lâcher la main.

Au bout d'un moment, les cinq comparses ont le sentiment que quelque chose ne va pas. Quelque chose d'autre que la catastrophe qui flamboie et rougeoie sous leur nez. Quelque chose qu'ils auraient oublié, et dont ils devraient pour une fois se rappeler...

C'est le tamarin qui se souvient le premier :

– Mais où est donc passé le colibri ?

– C'est vrai ça, il n'est pas là, celui-là ! s'étonne le serpent.

– Ça fait un moment qu'on ne l'a plus vu, remarque le paresseux.

– Colibri ! Colibri ! appelle le perroquet, inquiet.

Mais le petit colibri ne répond pas.

Et soudain, c'est la consternation. Le colibri a disparu au cœur de l'incendie. Qu'a-t-il bien pu se passer ? Lui serait-il arrivé malheur ?

5

Depuis la colline où ils se sont réfugiés, les animaux de la forêt se désolent de plus belle. Leur grande forêt d'Amazonie est en train de partir en fumée et leur ami le colibri a été avalé par le terrible incendie.

C'est alors que le perroquet aperçoit au loin un petit point dans le ciel. En regardant mieux, les animaux sont formels :

– C’est bien lui, c’est le colibri !

Les voilà rassurés. Leur ami est toujours en vie.

– Mais que fait-il ? demande le tamarin, en fronçant les sourcils.

Les animaux observent le petit oiseau à peine plus gros qu’une mouche, qui survole la cime des arbres enflammés.

Le colibri vole jusqu’au fleuve.

Il prend de l'eau dans son bec et se dirige à nouveau en direction de la forêt en feu.

Lorsqu'il parvient au-dessus des flammes, il laisse tomber quelques gouttes d'eau.

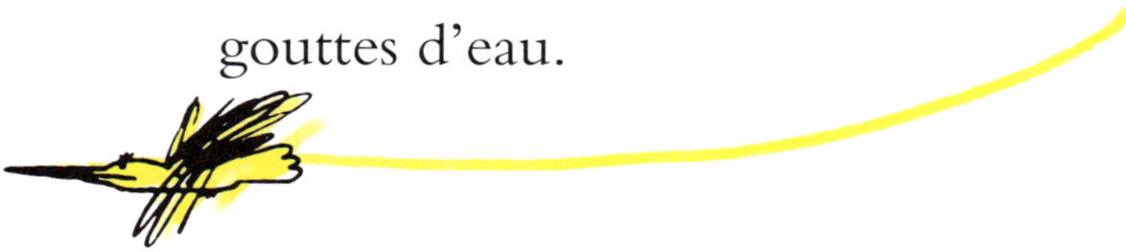

Puis aussitôt, il repart chercher de l'eau dans le fleuve. Et il recommence, inlassablement, son petit manège : il prend de l'eau dans le fleuve et la jette sur le feu. Et ainsi de suite, le fleuve, le feu, le fleuve, le feu…

Quand il voit ça, le tatou se moque.

– Eh le colibri, tu es fou ! Tu n'arriveras jamais à éteindre le feu avec tes petites gouttes d'eau !

Profitant que le colibri passe juste au-dessus d'eux, le tamarin à son tour s'exclame :

– Il a raison, t'es bête ou quoi ?

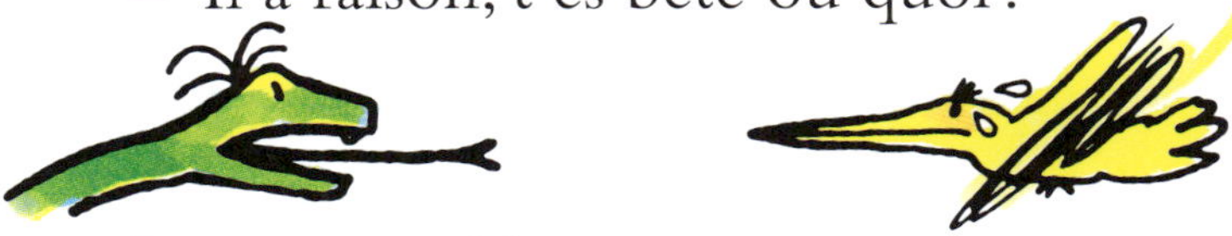

Le serpent s'énerve :

– Tsss, ça ne sert à rien, ce que tu fais.

Le perroquet est d'accord avec eux et se met à crier :

– N'importe quoi ! N'importe quoi !

Quant au paresseux, il a fini par attraper le tournis à force de regarder le colibri aller et venir.

– Tu me fatigues à t'agiter comme ça ! dit-il, avant de laisser échapper un gros soupir.

Le colibri, qui les a tous écoutés patiemment, répond alors :

– Je le sais, mais je fais ma part.

Et il retourne chercher quelques gouttes dans le fleuve, qu'il va aussitôt jeter sur le feu.

6

– Ma part… ma part…, répète le tatou perplexe, en se grattant la carapace.

Le serpent, de son côté, est sceptique :

– C'est quoi cette histoire de part ?

Le perroquet volette un peu partout, comme s'il cherchait quelque chose.

– Ma part ?! Ma part ?! s’égosille-t-il.

Pendant ce temps, le tamarin se renseigne auprès du paresseux :

– C’est quoi ta part, toi ?

Et le paresseux lui répond, surpris :

– Tu crois que j’ai une part, moi aussi ?

Depuis que le colibri leur a expliqué ce qu’il faisait, dans la grande forêt d’Amazonie, les animaux ont commencé à réfléchir.

Le perroquet réfléchit.

Le tamarin réfléchit.

Le tatou réfléchit.

Le serpent réfléchit.

Le paresseux réfléchit.

Soudain, le perroquet s'envole en direction du fleuve, sur les traces du colibri.

– Pimpon Pin ! Pimpon Pin ! lance-t-il avec entrain.

Et derrière lui, ses amis, à leur tour, se mettent en mouvement, entraînant avec eux tous les animaux de la grande forêt d'Amazonie.

Qu'ils soient petits ou grands, beaux ou moches, rapides ou lents, pas très malins ou fort intelligents, chacun fait à sa façon. Certains se mettent à creuser, d'autres à sauter, à voler, ramper, gratter…

Chacun fait sa part !

Cela dure plusieurs jours et plusieurs nuits. Sans s'arrêter, les animaux d'Amazonie font comme le colibri. Ils travaillent, ils luttent, ils transpirent.

Et les petites gouttes d'eau, multipliées par des milliers, deviennent des averses.

Et le feu commence à diminuer.

Et les averses, multipliées par des milliers, deviennent des trombes d'eau.

Et un matin, il n'y a plus un seul arbre enflammé.

– Bravo ! Bravo ! s'écrie le perroquet.

– Hourra ! se réjouit le tamarin.

– Youpi, on a réussi ! renchérit le tatou, qui lui tape dans la main.

Le serpent se dresse vers le ciel en souriant.

– Sensationnel ! s'extasie-t-il.

Et le paresseux, ravi, se délecte déjà de sa prochaine sieste, bien méritée.

Tous ensemble, les animaux d'Amazonie ont éteint le grand incendie.

– Oui, bah, on a fait notre part, pépie le colibri.

Et lorsqu'il s'agit de faire

repousser la forêt, de replanter et de sauver arbres, arbustes, mousses, lianes, fleurs et palmiers, plus besoin de rien expliquer. Tous s'y mettent sans rechigner. Chacun avec ses petits moyens, ses griffes, son bec, ses pattes, sa queue, sa gueule, ses dents, ses ailes. Ils grattent, ils creusent, ils poussent, retournent, tirent, arrosent…

Un jour, quand le premier arbre aura percé à travers la cendre, lorsqu'après lui, la forêt à moitié calcinée commencera à renaître, parions que, tous ensemble, les animaux d'Amazonie danseront et riront pour fêter l'événement. Cela durera peut-être plusieurs jours et plusieurs nuits. Et de cette immense joie-là, chacun aura sa part.

De la même autrice à *l'école des loisirs*

Collection Mouche

Oiseau Oiselle

Collection Albums

Rien n'arrête Bidule Chouette !
(avec Cati Baur)

Un gâteau comment ?
(avec Ella Charbon)